# ESSAI

SUR

LES ROMANCES HISTORIQUES

DU MOYEN AGE.

# ESSAI

SUR

# LES ROMANCES HISTORIQUES

# DU MOYEN AGE.

(Par M. le Prévost)

A ROUEN,

De l'Imp. de P. PERIAUX, IMPRIMEUR DU ROI,
rue de la Vicomté, n° 30.

1814.

# ESSAI

## SUR

# LES ROMANCES HISTORIQUES

## DU MOYEN AGE. (1)



Du sein de la Littérature la plus riche et la plus perfectionnée l'homme de goût se plaît quelquefois à reporter sés regards sur les productions d'une civilisation moins avancée. Outre les renseignements précieux qu'elles fournissent à l'antiquaire, au philologue et à l'historien, elles se recommandent souvent par leurs qualités intrinsèques à l'attention de quiconque aime à étudier la marche et les progrès de l'esprit humain. La naïveté des tournures, la simplicité des formes, la franchise et le bonheur de l'expression y rehaussent le mérite d'une poésie toute d'images et de sentiment. Le charme attaché à ces

(1) Cet Essai a été inséré en entier dans les Actes de l'Académie des Sciences, des Belles-Lettres et des Arts de Rouen, pour l'année 1813.

ouvrages de la jeunesse des peuples devient plus sensible à mesure que l'invention et le perfectionnement des Arts et des Sciences introduisent plus d'abstractions dans les idées et le langage. C'est toujours aux époques où la raison a acquis tout son développement que les hommes fatigués des compositions péniblement perfectionnées de leurs contemporains reviennent avec le plus d'empressement à l'étude d'écrivains moins éloignés de la Nature.

Ces réflexions sont particulièrement applicables aux chants populaires, employés dans l'enfance des sociétés à transmettre à la postérité la mémoire des grands hommes et des événements remarquables; ils sont pendant long-temps les seuls dépositaires des souvenirs des anciens temps; et si, par la suite, les progrès de la civilisation leur font partager avec des monuments plus stables cette noble destination, on retrouve des traces de leur origine dans les sentiments patriotiques qui y règnent presque toujours lors même qu'ils n'embrassent que les faits d'une vie privée.

Si l'on voulait assigner une origine unique à ce genre de poésie, ce serait dans les champs de la Chaldée et sous la tente des Patriarches qu'on pourrait la placer. Quelques passages de la Bible favoriseraient cette opinion et fournissent les plus anciens fragments connus de chants historiques; mais l'intervalle des temps et celui des lieux apportent au succès des recherches que l'on pourrait faire à ce sujet des obstacles que je n'entreprendrai point de lever au moins en ce moment. J'en dirai autant des autres Nations orientales, ou même de celles à qui nous devons notre Littérature classique; je ne tenterai point d'établir quelles ont pu être leurs richesses sous ce rapport, ni d'exposer ce qui s'en serait conservé jusqu'à nous. J'ai seulement voulu consigner ici les réflexions qu'a fait naître en moi la lecture d'un grand nombre de ces ouvrages appartenants à des Nations contemporaines et voisines de la nôtre, et chercher pourquoi ils manquent à notre Littérature, si riche et si variée à d'autres égards.

Quelqu'opinion qu'on adopte sur l'origine des Nations qui ont primitivement peuplé le Nord et l'Ouest de l'Europe, les rapports frappants de mœurs et de langage qui ont existé entre elles aux époques les plus reculées de l'Histoire ne permettent pas de douter qu'elles n'aient eu ensemble des communications extrêmement anciennes. Parmi ces traits de ressemblance, l'un des plus marqués est l'existence d'une classe d'hommes spécialement employés à célébrer les exploits des héros et la généalogie des chefs de chaque peuplade. Poëtes et chanteurs à-la-fois, ces individus, sous le nom de Scaldes ou de Bardes; jouissaient d'une grande considération parmi les nations gothiques, celtiques et gaéliques, et formaient chez quelques-unes un corps placé immédiatement après celui des ministres du culte.

C'est surtout dans les batailles et dans les fêtes qu'ils étaient appelés à remplir leurs fonctions. Là, par des chants belliqueux, par le souvenir des victoires passées, par l'exemple du courage et du dévouement des ancêtres, ils exaltaient au plus haut degré l'ardeur martiale et l'enthousiasme des guerriers. L'influence de semblables leçons sur l'esprit militaire de ces peuples devait être immense; elle a sans doute puissamment contribué à faire naître et entretenir chez eux ce mépris de la vie, cette franchise et cette loyauté, ce respect pour la faiblesse et la beauté qui peuvent être mis au nombre de leurs traits les plus distinctifs, et qui, modifiés et perfectionnés par un commencement de civilisation, ont produit les beaux jours de la Chevalerie.

L'institution des Bardes avait jeté de trop profondes racines parmi les Nations du Nord de l'Europe pour ne pas survivre chez la plupart d'entre elles aux transmigrations et aux changements de mœurs, de religion et de langage qu'elles éprouvèrent à la chute de l'Empire romain; mais c'est surtout dans les pays plus rapprochés du point de départ, et par-là moins exposés à l'influence de ces changements, que les Bardes ont subsisté le plus long-temps, et que des traces de leur existence se sont conservées jusqu'à nos jours. Leurs productions consistaient dans des récits courts, et en vers, souvent divisés par strophes pour en faciliter le chant. Ces récits roulaient, ainsi que je viens de le dire, sur des faits historiques dont le souvenir fût propre à flatter l'orgueil de la nation ou de ses chefs, et à exciter l'amour de la gloire et des combats. Les Romances populaires ont conservé les mêmes formes; et si le cadre s'en est quelquefois étendu, si elles ont retracé souvent des événements merveilleux, privés ou même burlesques, c'est que, déchues de leurs nobles fonctions, elles ont été réduites à n'être qu'un objet d'amusement. L'Histoire une fois confiée à des monuments plus graves et plus durables, les successeurs des Bardes crurent pouvoir déroger à la dignité de leur institution, et renoncèrent trop souvent à puiser dans la nature et la vérité le sujet de leurs chants.

Ce changement fut d'ailleurs puissamment favorisé par le grand développement que prit, vers le milieu du moyen âge, l'esprit chevaleresque. Après que nos ancêtres se furent accoutumés à l'exagération qu'il introduisit dans les idées et les sentiments, ils ne purent plus s'accommoder de la simplicité des faits historiques. Il fallut, pour exciter et satisfaire leur curiosité, les transporter dans un ordre de choses nouveau et chimérique. C'est à cette époque que l'on peut rapporter l'origine des histoires de Fées, de Génies et de tous ces êtres fantastiques d'une nature intermédiaire entre l'homme et la divinité. Les poëtes adoptèrent avec empressement cette nouvelle et bizarre mythologie qui offrait un vaste champ à leurs fictions, et ne célébrèrent plus que de loin en loin des événements dépouillés d'ornements fabuleux.

Les histoires légendaires (*legendary-tales*) vinrent aussi présenter aux auteurs de chants populaires de nouveaux et abondants sujets. En pénétrant dans des régions naguères souillées des plus honteuses et des plus barbares superstitions, la religion chrétienne n'avait pu en effacer entièrement les traces. La sublimité de ses dogmes, la pureté de sa morale formaient, avec les cultes matériels et grossiers de peuples à demi-sauvages, un contraste trop frappant pour qu'ils en prissent complètement l'esprit. Plus fervents qu'éclairés, ils crurent la servir en lui prêtant des armes assorties au peu d'étendue de leur intelligence. Des prodiges, souvent absurdes et presque toujours peu susceptibles de soutenir un examen approfondi, sont célébrés dans un grand nombre de Romances. Si l'accroissement des lumières permet rarement d'admettre la vérité de ces récits, la critique la plus sévère ne peut méconnaître le charme attaché à la couleur religieuse dont ils sont empreints. Cette tendance à célébrer des sujets empruntés à la légende ne fit que s'accroître après les Croisades, et subsista jusqu'à l'époque où la réformation l'arrêta tout-à-coup dans plusieurs contrées pour y substituer trop souvent des satyres grossières contre le clergé catholique et la cour de Rome.

Les progrès de la civilisation et le retour à l'étude des classiques grecs et latins ont fait peu-à-peu sentir la possibilité de se passer des fictions et du merveilleux, et de plaire avec des scènes naturelles prises dans les divers états de la vie ordinaire. La simplicité des idées, la naïveté des tournures, l'absence de tout ornement ambitieux, ont continué de faire le principal caractère de la Romance, en même temps qu'on substituait aux fables du moyen âge un intérêt de tous les temps et de tous les lieux. A mesure que le goût s'est perfectionné, ces principes ont trouvé plus de partisans, et ils ont constamment guidé les derniers écrivains qui se sont livrés avec succès à ce genre de composition.

En passant de ces considérations générales à des considérations particulières, nous trouvons que la Grande-Bretagne est peut-être la contrée qui a produit le plus de Romances populaires remarquables par leur mérite littéraire, la variété de leurs sujets, et les données précieuses qu'elles fournissent à l'histoire publique et privée. Habitée dans l'origine par des tributs celtiques et gaéliques, chez qui la profession de Barde était en grand honneur, conquise à plusieurs reprises par des peuples gothiques parmi lesquels elle ne jouissait pas d'une moindre estime, cette île n'a pu manquer de voir fleurir long-temps dans son sein une institution commune à toutes ces différentes nations. Au VIIIe siècle les Bardes y étaient encore entourés d'une considération assez grande pour que des princes aient trouvé dans l'exercice de leurs fonctions une sauve-garde assurée. Sous le nom de Ménestrels et de Jongleurs ( *Joculatores* ), ils ont continué long-temps de se livrer au chant et à la poésie, et d'exercer sur le peuple une influence qui parut assez à craindre à un conquérant jaloux pour qu'il ordonnât d'exterminer tous ceux que renfermait le pays de Galles. On trouve jusque dans le milieu du XVIe siècle des traces de leur existence, et une grande partie de leurs productions est parvenue jusqu'à nous. Je ne comprends point parmi elles les poésies attribuées à Ossian; outre qu'elles ont subi les plus graves altérations, ces poésies n'ont, par l'époque à laquelle on les fait remonter et la langue dans laquelle elles ont été écrites, que des rapports éloignés avec les productions des Ménestrels anglais et écossais. Plusieurs savants et antiquaires distingués ont mis un soin particulier à rassembler ces dernières. A la renaissance des Lettres, Sydney avait le premier témoigné dans sa défense de la poésie tout le plaisir que lui faisaient éprouver ces vieux chants populaires. Addisson attira ensuite plus puissamment sur eux l'attention de ses compatriotes, et la même justesse de tact qui lui avait révélé les beautés sublimes de l'Homère anglais, le guida dans l'analyse du charme attaché à ces vieilles complaintes. Depuis lui, d'autres critiques et surtout le docteur Percy, Pinkerton, Wéber, Ritson et Jamieson en ont formé de volumineuses et intéressantes collections.

Les provinces situées vers les limites de l'Angleterre et de l'Ecosse paraissent être dans ces deux Royaumes celles où le génie poétique s'est le plutôt et le plus universellement développé. Les premiers Ménestrels anglais nous sont toujours représentés comme venant du Septentrion, les Ecossais comme venant du Midi. Il résulte de là que, dans les plus anciennes de leurs productions actuellement existantes et qui remontent au commencement du XIIIe siècle, les poëtes des deux Nations offrent à-peu-près le même langage et les mêmes idées; les uns et les autres prennent pour sujet de leurs chants des événements puisés, ou dans l'histoire nationale, ou dans les Romans de Chevalerie. La versification en est peu châtiée et souvent fautive ; le style, nerveux et précis, mais incorrect. Ces caractères continuent d'être communs jusqu'à l'époque où les Ménestrels anglais renoncèrent aux dialectes septentrionaux pour adopter ceux des provinces méridionales ; ils prirent alors une diction plus soignée, une versification plus régulière, une marche plus conforme aux principes de l'art. Leurs récits furent consacrés à des sujets d'un intérêt plus doux ; ils leurs donnèrent de plus grands développements, et on s'aperçut qu'à cette époque ils écrivirent pour être lus autant que pour être chantés.

Les Romances écossaises sont restées plus près du type primitif : une naïveté quelquefois voisine de la rusticité, beaucoup de licences poétiques, des refrains bizarres, des strophes irrégulières, des images mélancoliques et sombres, des dénouements tragiques ont continué de les caractériser jusqu'à nos jours. Empreintes d'une couleur plus locale que les Romances anglaises, elles reportent encore mieux le lecteur à ces siècles du moyen âge qui offrent toujours à des sociétés avancées dans la civilisation le charme des souvenirs de la jeunesse.

Depuis le XIII^e siècle jusqu'à nos jours, les deux nations n'ont cessé de cultiver un genre de poésie qu'elles ont poussé si près de la perfection. Elles ont embrassé tour-à-tour, dans ces récits, les faits historiques, les aventures chevaleresques, les prodiges de la féerie, les narrations de la légende, des événements tragiques, gais ou burlesques, des satyres contre le prince, les grands, le clergé et les mœurs publiques, enfin, toutes les combinaisons que peuvent fournir la Fable et l'Histoire, la vie publique et la vie privée. Ces compositions, écrites dans un idiome remarquable par sa douceur, son laconisme et sa clarté, se recommanderont toujours puissamment à l'estime des amateurs de la poésie; elles ont un attrait particulier aux yeux des peuples pour lesquelles elles ont été faites, et à qui elles rappellent les plus brillantes époques de leurs annales et les scènes les plus touchantes de leur existence domestique.

Ce que je viens de dire des Romances populaires de la Grande-Bretagne est en grande partie applicable à celles de la Germanie et de la Scandinavie. Les Bardes ont subsisté encore plus long-temps dans ces contrées où plusieurs de leurs productions se sont conservées en entier jusqu'à nos jours. La religion chrétienne et la civilisation y parvinrent plus tard qu'en Angleterre. La féodalité y prit un plus grand développement et y modifia davantage toutes les institutions anciennes et nouvelles. La complication du système politique passa jusque dans la langue, et donna à sa syntaxe ces formes embarrassées et peu conformes à la marche des idées qu'elle a conservées jusqu'à nos jours. La chevalerie s'allia intimement avec les mœurs allemandes, et les poëtes de cette nation purent en faire le sujet de leurs chants sans blesser les convenances historiques. Leurs ouvrages se distinguent par ce caractère et par le grand usage qu'ils y font de l'intervention de dragons, de géants, de fées, d'enchanteurs, de revenants et de toutes sortes d'êtres revêtus de formes bizarres ou doués d'un pouvoir surnaturel. On y trouve d'ailleurs le tableau le plus fidèle de la vie féodale et chevaleresque : en les lisant on se croit transporté sous les arceaux gothiques des vieux cloîtres ; on aperçoit les tourelles couvertes de mousse, les vitraux colorés de l'antique chapelle ; on voit reluire les armures des chevaliers, le vent agiter leurs bannières, et l'on entend jusqu'au choc de leurs redoutables lances.

Les histoires légendaires ne fournissent pas moins de sujets aux Ménestrels allemands qu'à ceux de la Grande-Bretagne. Les satyres contre les empereurs, les rois, les grands et le clergé s'y retrouvent pareillement ; c'est surtout à l'époque des guerres de religion que ces dernières deviennent extrêmement fréquentes. Enfin, le progrès successif des lumières a déterminé les poëtes allemands à renoncer à de pareilles armes et à bannir des Romances populaires toute déclamation polémique. Depuis que la littérature de cette nation a pris une forme plus régulière et des principes de goût plus sévères, ces écrivains ont souvent réussi à reproduire dans toute leur pureté et leur simplicité les chants nationaux et chevaleresques de leurs ancêtres ; et si leurs tableaux présentent rarement cette touche large et fière qui caractérise les productions anglaises de ce genre, ils ne laissent rien à désirer pour la fidélité scrupuleuse des détails et des accessoires, lors même qu'ils le consacrent aux sujets les plus bizarres et les plus fantastiques.

Il serait long et fastidieux d'examiner ici les nuances de langage et d'idées qui distinguent les Romances populaires des diverses parties de l'Allemagne. Je me bornerai à faire remarquer que les dialectes usités dans le moyen âge et employés dans la composition de ces poésies, étaient, à quelques égards, préférables à celui qui constitue aujourd'hui le haut allemand. On doit regretter que les écrivains qui ont donné à ce dernier la forme actuelle, lui aient ôté de sa clarté et de son harmonie par des réformes qui n'ont pas toutes été heureuses. On pourra se convaincre de la vérité de cette assertion en lisant les poëtes allemands antérieurs au XVI^e^ siècle. On y trouvera beaucoup plus que dans l'Allemand moderne, ces constructions simples, ces sons pleins et harmonieux qui caractérisaient la langue primitive des Goths et qui se sont conservés avec moins d'altération dans les dialectes scandinaves et anglo-saxons.

Les Français, comme tous les autres peuples sortis du Nord de l'Europe, ont conservé long-temps après s'être fixés dans les Gaules des vestiges de l'éxistence des Bardes. A l'époque de Charlemagne et beaucoup plus tard, des chants guerriers animaient nos ancêtres dans les batailles, et ce grand prince ne dédaigna pas, au rapport d'Eginhard, d'en composer lui-même. Cet usage subsista encore long-temps après lui, et les prodiges de son règne fournirent à la poésie historique les plus nobles souvenirs qu'elle pût rappeler. Les actions héroïques et la fin malheureuse de Roland furent célébrées dans une Hymne militaire auquel on attacha son nom. Tous les amis des Lettres et des Antiquités françaises doivent déplorer la perte de ce chant national qui, jusqu'au milieu du moyen âge, guida les Français à la victoire.

Plus récemment sortis des marais glacés de la Scandinavie, les Normands, en s'établissant dans la belle contrée à laquelle ils ont donné leur nom, s'empressèrent de prendre de leurs nouveaux voisins tous les usages conformes à leurs habitudes et à leurs mœurs. Accoutumés à chanter des refrains belliqueux en allant au combat, ils adoptèrent bientôt avec la langue française l'Hymne de Roland, et l'Histoire nous a transmis le nom de celui de leurs guerriers qui l'entonna le premier à la bataille d'Hastings. Les princes normands s'attachèrent plus qu'on aurait dû l'attendre de la barbarie de leur origine, à faire jouir leurs peuples des bienfaits de la civilisation : pendant qu'ils assuraient, par les lois les plus sévères, la tranquillité de leurs états, ils encouragèrent de tout leur pouvoir la culture des Sciences et des Lettres. C'est en Normandie que les *Trouvères* firent entendre leurs premiers chants et plièrent aux formes poétiques la langue romane encore dans son berceau. Leurs compositions étaient de la même nature que celles des Ménestrels anglais et allemands. Elles roulaient de même sur des faits empruntés à l'Histoire, à la Légende, aux Romans de chevalerie, ou aux Contes de la féerie. Il n'y a point de doute qu'ils n'eussent enrichi notre Littérature d'une foule de Romances intéressantes, et nous eussent mis en état de n'avoir rien à envier, sous ce rapport, aux nations voisines, si le grand développement qu'acquit tout-à-coup une autre branche de notre poésie n'eût changé la direction de leurs travaux littéraires.

Le Français s'était divisé, dès son origine, en deux dialectes extrêmement distincts, la langue d'*oïl* et la langue d'*oc* parlées exclusivement, l'une en-deçà ; l'autre au-delà de la Loire. La première avait été employée par les Trouvères ; la langue d'oc, plus douce et plus rapprochée des idiomes harmonieux et sonores de l'Espagne et de l'Italie, acquit bientôt, grâce aux productions des poëtes provençaux, une grande vogue. Il est même probable qu'elle eût entièrement pris le dessus sur la langue d'oïl, moins brillante et moins flatteuse à l'oreille, si la situation du siége de l'Etat dans les provinces septentrionales n'eût puissamment contre-balancé l'influence des causes qui tendaient à amener ce résultat.

L'apparition des Troubadours est un des faits les plus intéressants des annales de l'esprit humain ; on ne peut sans injustice se refuser à reconnaître tout ce que leur institution eut d'aimable et de séduisant, ni les services importants qu'ils ont rendus à la Littérature, en en répandant le goût parmi les classes élevées de la société, à qui elle avait été jusques-là presqu'entièrement étrangère; mais on voit avec regret qu'ils aient substitué à la simplicité, à la naïveté et au laconisme des anciens récits, une poésie lyrique sans inspiration, la métaphysique galante des cours d'amour et les faux brillants du bel esprit.

Les Français de la langue d'oil adoptèrent bientôt leur système poétique; mais, guidés par un goût plus délicat, par un sentiment plus juste des règles de l'art, ils élaguèrent de leurs imitations les défauts les plus frappants de leurs nouveaux modèles. De toutes les formes de composition qu'ils durent aux Troubadours, la Chanson fut peut-être celle qu'ils accueillirent avec le plus d'empressement, et cultivèrent avec le plus de succès. Parfaitement appropriée au caractère français, elle devint bientôt pour nous un genre de poésie national, et remplaça dans notre Littérature les chants historiques.

Une autre cause concourut d'ailleurs à faire disparaître chez nous ces derniers, c'est la grande quantité d'ouvrages en prose qui parurent dans le courant des XIVe et XVe siècles. Le charme de la versification est nécessaire dans l'enfance des Langues pour en rendre supportables les bégaiements encore informes. Les premières productions de toutes les Littératures connues sont en vers. La prose ne commence à y paraître qu'après que l'idiome a déjà acquis une élégance assez soutenue pour pouvoir se passer du prestige de la mesure et de la rime. Les nombreux ouvrages consacrés à la peinture des mœurs chevaleresques, écrits d'abord en vers, furent ensuite pour ainsi dire traduits en prose. Ce genre d'écrits se multiplia bientôt prodigieusement. La poésie française souffrit beaucoup de cette préférence exclusive ; les anciennes formes de composition furent négligées et même oubliées. La Romance se trouva enveloppée dans cet arrêt et ne produisit plus que quelques ébauches grossières destinées à faire l'amusement des dernières classes du peuple.

Depuis la renaissance des Lettres, quelques écrivains ont tenté de reproduire ses chants simples et doux, mais entièrement étrangers à son esprit : ils ont peu réussi à donner à leurs essais en ce genre la couleur locale, à les rattacher à des souvenirs historiques importants, et à leur prêter un intérêt national en y présentant quelques portions de ce riche patrimoine de gloire qui nous a été transmis par nos ancêtres. On doit convenir aussi que le caractère actuel de notre langue, si éloigné de la naïveté, opposait de grands obstacles aux succès de leurs efforts. Je n'entrerai point dans le détail de ce qui a été fait sous ce rapport ; les résultats d'un semblable examen seraient peu remarquables et ne serviraient qu'à attester notre indigence ; j'aime mieux passer rapidement à l'histoire de la Romance chez les Italiens et les Espagnols.

De tous les pays où les nations gothiques s'établirent à la chute de l'Empire romain, l'Italie, plus éloignée de leur patrie et placée au centre de la civilisation, fut peut-être celui où leurs institutions et leurs mœurs subirent les plus rapides altérations. Les fréquentes révolutions qu'elle éprouva dans le moyen âge, les factions qui la divisèrent concoururent à empêcher ses nouveaux habitants de garder leur caractère distinctif, et de se livrer à la culture de leurs poésies nationales ; il n'en est resté que quelques Hymnes militaires, écrits dans un latin rimé et barbare : les chants des Bardes ont peu retentit sur ces bords heureux que les Muses latines avaient naguères charmés de leurs doux accords.

Le patois grossier qui avait succédé en Italie à la langue latine ne commença à prendre une forme régulière qu'à l'époque où les poésies provençales y pénétrèrent. La grande influence qu'elles ont conservée jusqu'à nos jours sur la Littérature italienne ne permit pas aux récits historiques et chevaleresques de s'y introduire ; d'ailleurs, c'est sur-tout dans l'enfance des langues que ce genre de composition est cultivé avec le plus d'ardeur et de succès. Or, l'Italien a acquis presque dès sa naissance toute sa maturité sous la plume de Dante, de Pétrarque et de Bocace, et sa courte enfance, consacrée toute entière à l'imitation servile des poésies provençales, n'a pu produire beaucoup d'ouvrages analogues à ceux qui nous occupent en ce moment. Il faut renoncer à en trouver dans une littérature d'ailleurs extrêmement recommandable, mais qui le serait encore plus sans la richesse et l'afféterie qui déparent souvent les plus beaux monuments.

Si la Romance fut étrangère à la poésie italienne, elle tient peut-être le premier rang dans celle d'un peuple voisin chez qui des circonstances particulières la portèrent à un dégré de perfection peu commun; je veux parler de l'Espagne, de ce pays de forte et intéressante mémoire, qui vit pendant près de huit siècles lutter dans son sein les peuples du Midi et ceux du Septentrion, la religion de Jésus et celle de Mahomet, les mœurs européennes et les mœurs orientales. Enlevée par les Goths aux successeurs dégénérés des Césars, elle dut pendant long-temps à sa position isolée et presqu'insulaire un repos qui devint fatal à ses possesseurs. Les délices de son climat amollirent ces guerriers farouches, accoutumés jusques-là à braver l'inclémence des saisons, et à supporter des privations de toute espèce sur une terre avare et inhospitalière. Pendant que les Goths perdaient dans les plaisirs cette énergie et cette vigueur qui avaient amené leurs succès, le fanatisme religieux poussa vers leurs belles demeures les enfants de l'Orient chez qui un culte nouveau et guerrier venait de développer l'amour des combats et des conquêtes. Appelés par un traître, les sectateurs de Mahomet inondèrent les plaines de l'Andalousie et se répandirent promptement par toute l'Espagne. Rien ne put résister à leur premier choc; les Goths, obligés de se retirer au sein de montagnes inaccessibles, y cachèrent quelque-temps leur honte et leurs revers; mais, bientôt retrempés par l'adversité, ils rentrèrent en lice avec leurs vainqueurs, en balancèrent la puissance, et les repoussèrent enfin sur les bords africains après huit cents ans de combats. On sent tout ce qu'une lutte aussi longue et aussi soutenue dut enfanter de prodiges de valeur chez deux peuples remarquables par leur esprit guerrier, et si différents d'origine, de culte, de mœurs et de langage; ces contrastes donnèrent à leurs habitudes et à leurs institutions civiles, militaires et religieuses, un caractère d'enthousiasme et d'exaltation extrêmement prononcé.

Les idées chevaleresques, reçues avec une égale avidité par les chrétiens et par les mahométans, se lièrent intimement avec leurs mœurs publiques et privées, et y portèrent au plus haut degré d'énergie tous les sentiments nobles et généreux, surtout ceux qui les attachaient à la religion, à la patrie, au prince et à la beauté.

Cependant, le besoin de la gloire, l'amour et une estime mutuelle rapprochèrent souvent deux peuples entre lesquels il existait mille points de contact. L'Espagne gagna beaucoup à ces communications, et reçut d'une nation originairement armée contre la civilisation tout ce qui pouvait en hâter le développement. Les sciences et les arts de l'Orient vinrent à la voix des rois mahométans fixer leur demeure dans la péninsule. La galanterie maure adoucit la fierté castillane, modifia les institutions de la chevalerie, et lui prêta ses séductions sans en altérer l'esprit.

Accoutumés à mêler les jeux aux combats, les

Maures introduisirent en Espagne ces fêtes, ces tournois, ces carrousels, où le courage et l'adresse étaient couronnés par les mains de la beauté, et où la présence de l'objet aimé portait au plus haut degré l'enthousiasme et l'ardeur des combattants.

Ce caractère de gaieté, de galanterie et de pompe était particulier aux Maures d'Espagne; il se soutint et s'accrut même pendant les derniers moments de leur existence politique. Ce fut au sein des fêtes et des jeux qu'ils perdirent leur dernier asyle, et cédèrent à l'ascendant toujours croissant de la puissance castillane.

Avides de tous les genres de gloire, ils cultivèrent avec ardeur la poésie, et s'attachèrent surtout à celle qui retraçait leurs exploits et leurs plaisirs. Les chants historiques, si familiers aux peuples de l'Orient, furent pour eux l'objet d'une prédilection particulière. Ils les employèrent à célébrer tour-à-tour la valeur des guerriers, les peines et les plaisirs des amants, l'éclat des fêtes et les délices de leur nouvelle patrie.

Plus tard, la Romance leur rappela également les malheurs et la décadence de leur Empire, et sembla prendre des couleurs encore plus vraies et plus énergiques pour peindre ce triste tableau. Celles qui furent composées sur la prise de Grenade, et les circonstances qui la précédèrent, sont peut-être les plus parfaites de leurs productions en ce genre; pendant long-temps elles firent couler les larmes de tous les yeux lorsqu'on les chantait dans les rues de cette ville, et les conquérants se crurent obligés d'interdire aux vaincus cette triste et innocente consolation.

Les Espagnols adoptèrent avec empressement un genre de poésie si conforme à leurs mœurs guerrières et aux anciennes habitudes de toutes les nations gothiques. La Romance passa chez eux en conservant des vestiges frappants d'une origine orientale : des pensées fortes et grandes, des sentiments nobles et élevés, des images empruntées à une nature imposante et fière continuèrent de la caractériser. Tous les souvenirs propres à flatter l'orgueil national ou à intéresser le cœur humain, mais surtout les exploits du Cid et les nobles et aventureuses circonstances de sa vie devinrent le sujet de ses chants; une langue grave et sonore revêtit de sa pompe un peu sauvage leur austère simplicité. Un rithme simple, et soumis seulement à la règle peu gênante des assonances, permit aux individus le plus étrangers aux études littéraires de se livrer à ce genre de composition. Les Romances espagnoles ont été réunies dans de volumineuses collections connues sous le nom de *Romanceros* et *Cancioneros*. Sans doute, toutes les productions que contiennent ces livres n'offrent pas le même genre, ni le même degré de mérite; mais il en est un grand nombre qui peuvent être mises au rang des productions les plus distinguées du moyen âge.

C'est surtout vers le XV$^{e}$ siècle que ce genre de poésie acquit en Espagne toute sa perfection. Plus tard, l'introduction de la littérature provençale et celle de la littérature italienne, altérèrent la franchise et la simplicité des chants historiques. A cette époque, d'ailleurs, la chute de l'Empire des Maures donna aux Espagnols l'occasion de connaître encore mieux tout ce qui concernait cette nation. Ils peignirent avec plus de vérité ses mœurs et ses institutions, et traduisirent ses Romances les plus remarquables. C'est dans ces imitations que l'on peut le mieux étudier le génie d'un peuple aimable, illustre et malheureux. Rien n'est plus parfait dans ce genre que celles qui sont renfermées dans un ouvrage de Ginez-Perez-de-Hita, consacré à l'histoire des événements qui amenèrent la prise de Grenade. Si une critique éclairée doit rejeter dans la classe des histoires fabuleuses toutes les aventures romanesques qui remplissent le texte de ce livre, on ne saurait refuser le plus haut degré d'intérêt aux Romances dont il est parsemé, et que l'auteur cite à l'appui de ses récits. Qui ne serait profondément attendri par le fidèle tableau de la consternation et des regrets d'Abou-Abdallah et de son peuple à la nouvelle de la prise d'Alhama (*) ! Qui serait insensible au noble orgueil du Maure Abenamar, montrant à

(*) Paseabase el rey moro
Por la ciudad de Granada
Desde las puertas de Elvira
Hasta las de bivarambla
Ay de mi Alhama ! etc.

un roi d'Arragon les pompeux édifices de Grenade; à la surprise du monarque chrétien, lorsqu'il découvre tant de merveilles, et à la sublime prosopopée qui termine cette belle Romance (**) ! Qui peut suivre sans intérêt dans tous les détails de son existence intérieure et extérieure cette nation si poétique, et dont les annales fourniraient de si beaux sujets à la Muse de l'Épopée ! Honneur au peuple vainqueur qui sauva de l'oubli quelques-unes des productions de sa littérature, et qui ne dédaigna pas d'y chercher des modèles! Puisse ce noble exemple être à jamais suivi dans toutes les révolutions des Empires, presque toujours si fatales aux productions de l'esprit et du génie !



(**) Abenamar, Abenamar,
Moro de la Moreria, etc.

FIN.

www.ingramcontent.com/pod-product-compliance
Ingram Content Group UK Ltd.
Pitfield, Milton Keynes, MK11 3LW, UK
UKHW012130240726
13965UKWH00005B/2076

9 782013 037440